Robert Louis Stevenson

Der Flaschenteufel

Verlag Werner Dausien

Illustrationen von Karl-Georg Hirsch

DER FLASCHENTEUFEL
von Robert Louis Stevenson
übersetzt von Günter Löffler

Schutzumschlag und Einband von Karl-Georg Hirsch
Printed in the G.D.R.
ISBN 3-7684-4678-6
VERLAG WERNER DAUSIEN · HANAU

Robert Louis Stevenson
Der Flaschenteufel

Es war einmal ein Mann auf der Insel Hawaii, den will ich Keawe nennen, denn soviel ich weiß, lebt er noch, und wir müssen seinen Namen verschweigen; aber seine Wiege stand unweit von Honaunau, wo die Gebeine Keawes des Großen in einer Höhle begraben liegen. Dieser Mann war arm, unerschrocken und fleißig; er konnte lesen und schreiben wie ein Schulmeister; zudem war er ein vorzüglicher Seemann, fuhr eine Zeitlang auf den Südseedampfern und steuerte ein Walfangboot bis zur Küste von Hamakua. Schließlich zog es ihn in die weite Welt und in die fremden Städte hinaus, und er verdingte sich als Matrose auf einem Schiff, das nach San Francisco segelte.

Das ist eine hübsche Stadt mit einem hübschen Hafen und unzählbaren reichen Leuten und einem ganz besonderen Hügel,

auf dem Paläste stehen. Dort ging Keawe eines Tages spazieren, die Tasche voll Geld, und besah sich vergnügt die großen Häuser zu beiden Seiten. Was für wunderbare Häuser waren das doch, und wie glücklich mußten die Menschen sein, die darin wohnten und sich um den nächsten Tag nicht zu sorgen brauchten.

So dachte Keawe, als er an ein Haus kam, das wohl schön wie ein Spielzeug war. Die Stufen dieses Hauses glänzten wie Silber, und die Rabatten im Garten trugen den herrlichsten Blütenschmuck, und die Fensterscheiben blitzten wie lauter Diamanten. Keawe blieb stehen und war entzückt von all der Pracht, die er gewahrte; und während er in ihren Anblick versunken war, bemerkte er einen Mann der ihn aus einem Fenster betrachtete, durch eine Scheibe so blank, daß Keawe ihn ganz deutlich sah, wie man einen Fisch im Wasser über den Riffen sieht. Es war ein älterer Mann mit kahlem Kopf und einem schwarzen Bart, und sein Gesicht war sorgenschwer, und er seufzte bitterlich. Als Keawe zu dem Mann aufschaute und der Mann zu Keawe herabschaute, da war es so, daß einer den anderen beneidete.

Doch auf einmal lächelte der Mann, nickte Keawe zu, winkte ihn herein und empfing ihn an der Schwelle des Hauses.

»Ich habe da ein schönes Haus«, sprach der Mann und seufzte schmerzlich. »Sieh dir doch einmal die Zimmer an!«

So führte er Keawe überall umher, vom Keller bis zum Dachgeschoß, und es gab nichts, was in seiner Art unvollkommen gewesen wäre, Keawes Staunen wollte kein Ende nehmen.

»Wahrlich«, sagte Keawe, »das ist ein

wunderschönes Haus. Könnte ich in einem ähnlichen wohnen, ich würde den ganzen Tag lachen und fröhlich sein. Wie kommt es nur, daß du da seufzen mußt?«

»Ich sehe keinen Grund, weshalb du nicht ein genauso schönes Haus haben solltest«, versetzte der Mann, »sogar ein schöneres, wenn du willst. Du hast doch sicherlich ein wenig Geld?«

»Ich habe fünfzig Dollar«, sagte Keawe, »aber ein Haus wie dieses kostet wohl mehr als fünfzig Dollar.«

Der Mann machte eine Rechnung auf. »Es ist schade, daß du nicht mehr hast«, sagte er, »denn es könnte dich später reuen, aber für fünfzig Dollar soll es dein sein.«

»Das Haus?« fragte Keawe.

»Nein, nicht das Haus«, erwiderte der Mann, »sondern die Flasche. Denn ich muß dir noch sagen, obwohl ich dir so reich und wohlhabend erscheine, verdanke ich all mein Vermögen und dieses Haus und selbst seinen Garten nur einer Flasche, die nicht viel mehr als ein halbes Liter faßt. Ich will sie dir gleich zeigen.«

Und er öffnete eine verschlossene Lade und nahm eine dickbauchige Flasche mit langem Hals heraus. Das Glas war weiß wie Milch und schillerte dabei in allen Farben des Regenbogens. Im Innern regte sich etwas verschwommen wie Schatten und Feuerschein.

»Das ist die Flasche«, sagte der Mann, und als Keawe lachte, fragte er: »Du glaubst mir nicht? Dann überzeuge dich selbst, versuch, ob du sie zerbrechen kannst.«

Da nahm Keawe die Flasche und warf sie auf den Fußboden, bis er müde war, doch sie sprang jedesmal wieder hoch wie ein Gummiball und blieb unversehrt.

»Das ist ein eigenartig Ding«, sagte Keawe, »denn die Flasche faßt sich an und sieht so aus, als wäre sie aus Glas.«

»Sie ist auch aus Glas«, versetzte der Mann und seufzte lauter als zuvor. »Aber das Glas wurde in den Flammen der Hölle geformt. Ein kleiner Teufel wohnt darin, und das ist der Schatten, der sich dort bewegt, jedenfalls denke ich es mir so. Wer diese Flasche kauft, dem steht der Teufel zu Diensten, und was er auch begehren mag – sei es Liebe, Ruhm, Geld, Häuser wie dieses Haus oder gar eine Stadt wie diese Stadt –, alles ist sein, sobald er nur den Wunsch ausspricht, es zu besitzen. Napoleon hatte die Flasche, durch sie wurde er zum Herrscher über die Welt; aber schließlich verkaufte er sie und stürzte in den Staub. Kapitän Cook hatte die Flasche, mit ihrer Hilfe fand er den Weg nach vielen Inseln, doch auch er verkaufte sie und wurde auf Hawaii erschlagen. Denn wenn du sie verkaufst, sind deine Macht und dein Schutz dahin, und übel ergeht es dir, begnügst du dich dann nicht mit dem, was du hast.«

»Und doch denkst du selbst daran, sie zu verkaufen?« fragte Keawe.

»Ich habe alles, was ich begehre, und ich werde langsam alt«, erwiderte der Mann. »Es gibt einen Wunsch, den der Teufel nicht erfüllen kann. Er vermag das Leben nicht zu verlängern, und es wäre unrecht von mir, wollte ich dir verschweigen, daß die Sache einen Haken hat, denn stirbt ein Mensch,

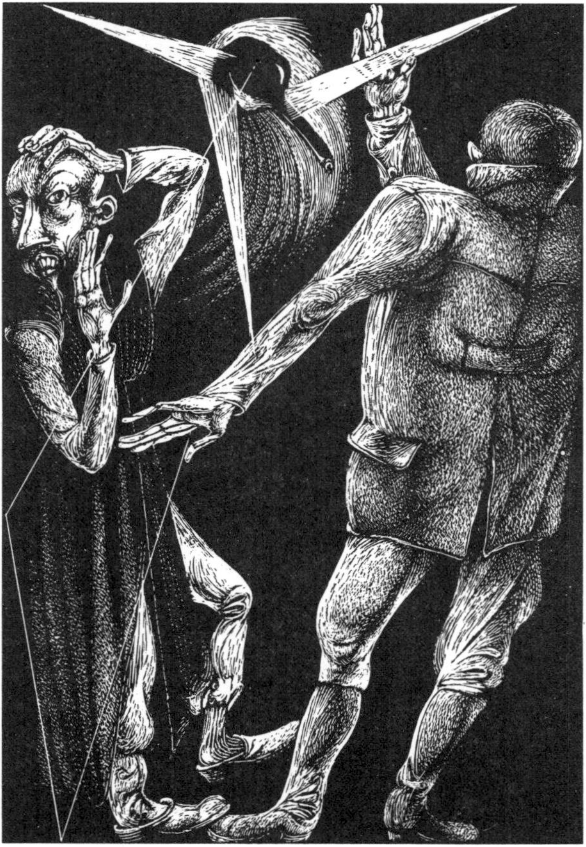

bevor er die Flasche verkauft hat, muß er für alle Ewigkeit in der Hölle schmachten.«

»Das ist allerdings ein Nachteil, ganz gewiß!« rief Keawe. »Ich lasse mich nicht auf solche Abenteuer ein; denn ohne Haus kann ich leben, Gott sei Dank! Aber es gibt etwas, was ich nicht ertragen könnte, und das wäre, verdammt zu sein.«

»Meine Güte, nun hör mich doch erst zu Ende an!« entgegnete der Mann. »Alles, was du zu tun hast, ist, die Macht des Teufels maßvoll zu gebrauchen und die Flasche rechtzeitig zu verkaufen, wie ich sie jetzt dir verkaufe, um das Leben in Wohlstand zu beschließen.«

»Nun, dann verstehe ich zwei Dinge nicht«, sagte Keawe. »Du seufzt immerzu wie eine verliebte Jungfer, das wäre das eine, und zum anderen: Du willst diese Flasche zu einem sehr niedrigen Preis verkaufen.«

»Ich habe dir schon erzählt, weshalb ich seufze«, entgegnete der Mann. »Das tue ich, weil ich fürchte, daß es mit meiner Gesundheit nicht zum besten steht, und wie du selber sagst, wäre es doch für jeden Menschen ein großes Unglück, nach dem Tode zur Hölle fahren zu müssen. Und warum ich sie so billig verkaufe, sollst du sogleich erfahren. Es hat nämlich eine besondere Bewandtnis mit der Flasche. Vor langer Zeit, als der Teufel sie frisch auf die Erde gebracht hatte, war sie außerordentlich teuer, und zuallererst wurde sie dem Prester John für viele Millionen Dollar verkauft, aber sie kann nicht anders als mit Verlust verkauft werden. Verkaufst du sie zu dem Preis, zu dem du sie erworben hast, kehrt sie wie eine Brieftaube zu dir zurück. So ist der Preis im Laufe der Jahrhunderte immer weiter gesunken, und jetzt ist sie erstaunlich billig geworden. Ich kaufte sie von meinem großen Nachbarn auf diesem Hügel und bezahlte nur noch neunzig Dollar dafür. Ich könnte sie dir für neunundachtzig Dollar und neunundneunzig Cent überlassen, doch um keinen Cent teurer, oder sie käme zu mir zurück. Nun gibt es bei alldem zwei Schwierigkeiten. Erstens, wenn du eine so einzigartige Flasche für rund acht-

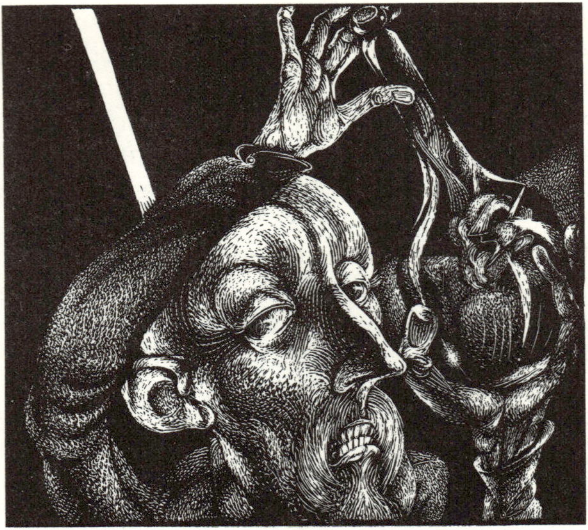

zig Dollar anbietest, denken die Leute, daß du dir einen Scherz erlaubst. Und zweitens – aber das hat keine Eile, und ich brauche mich dabei nicht aufzuhalten. Merke es dir jedoch gut, es muß geprägtes Geld sein, gegen das du sie verkaufst.«

»Woher soll ich wissen, ob das alles wahr ist?« fragte Keawe.

»Einiges kannst du gleich erproben«, entgegnete der Mann. »Gib mir deine fünfzig Dollar, nimm die Flasche und wünsch dir das Geld in die Tasche zurück. Wenn dies nicht geschieht, will ich den Handel für ungültig erklären und dir dein Geld wiedergeben, das verspreche ich bei meiner Ehre.«

»Und du betrügst mich nicht?« fragte Keawe.

Darauf schwor der Mann einen großen Eid.

»Nun, soviel will ich riskieren«, sagte Keawe, »denn dabei kann nicht viel passieren.« Und er zahlte dem Mann das Geld, und der Mann reichte ihm die Flasche.

»Flaschenteufel«, sagte Keawe, »ich wünsche mir meine fünfzig Dollar zurück.« Und richtig, er hatte es kaum ausgesprochen, als seine Tasche schwer wie vorher war.

»Das ist weiß Gott eine wunderbare Flasche«, sagte Keawe.

»Und nun wünsche ich dir einen guten Morgen, mein Sohn, und der Teufel begleite dich«, sagte der Mann.

»Halt!« rief Keawe. »Jetzt hat der Spaß ein Ende. Hier, nimm deine Flasche wieder.«

»Du hast sie für weniger gekauft, als ich dafür bezahlte«, erwiderte der Mann und rieb sich die Hände. »Nun gehört sie dir. Und ich für mein Teil wünsche nur noch, dich von hinten zu sehen.« Und damit läutete er seinem chinesischen Diener und ließ ihn Keawe hinausgeleiten.

Als Keawe dann, die Flasche unterm Arm, auf der Straße stand, dachte er: Wenn alles wahr ist, habe ich am Ende den kürzeren gezogen; aber vielleicht hat der Mann mich nur zum Narren gehalten.

Das erste, was Keawe tat, war, daß er sein Geld zählte; die Summe stimmte genau, es

waren neunundvierzig amerikanische und ein chilenischer Dollar.

»Er scheint die Wahrheit gesagt zu haben«, sprach Keawe. »Doch ich will noch eine Probe machen.«

Die Straßen in diesem Teil der Stadt waren sauber wie ein Schiffsdeck, und obgleich die Sonne hoch stand, waren sie menschenleer. Keawe setzte die Flasche in den Rinnstein und entfernte sich. Zweimal sah er sich um, und da stand die milchige, dickbauchige Flasche, wo er sie hingestellt hatte. Ein drittes Mal wandte er den Kopf; aber dann kam er an eine Ecke, und er war kaum herum, als etwas gegen seinen Ellbogen stieß. Und natürlich war es der lange Hals der dickbauchigen Flasche, die

in der Tasche seiner Seemannsjacke steckte.

»Er scheint wirklich nicht gelogen zu haben«, sagte Keawe.

Das nächste, was er tat, war, daß er sich in einem Laden einen Korkenzieher kaufte und sich an ein einsames Fleckchen auf den Feldern zurückzog; dort wollte er die Flasche öffnen, doch sooft er den Korkenzieher hineinschraubte, kam der wieder heraus, und der Kork blieb unversehrt.

»Das ist mir eine neue Sorte Korken«, sagte Keawe und begann sogleich zu beben und zu schwitzen, denn er fürchtete sich vor dieser Flasche.

Auf seinem Rückweg ins Hafenviertel sah er einen Laden, in dem ein Mann Muscheln und Keulen von den Südseeinseln verkaufte und heidnische Gottheiten, alte Münzen und Bilder aus China und Japan, und alles, was die Seeleute so von ihren Fahrten mitbringen. Da kam ihm ein Gedanke. Er ging hinein und bot die Flasche für einhundert Dollar zum Verkauf an. Der Ladeninhaber lachte ihn zuerst aus und bot

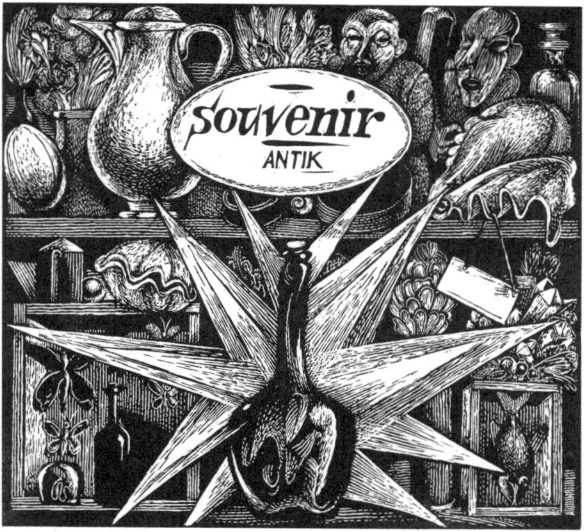

ihm fünf. Aber das war ja nun wirklich eine besondere Flasche, solch Glas hatte noch kein Glasmacher in einer irdischen Hütte geblasen, so hübsch schimmerten die Farben unter dem milchigen Weiß, und so eigentümlich schwebte im Innern der Schatten; und nachdem der Trödler eine Weile gefeilscht hatte, wie es bei diesen Leuten üblich ist, gab er Keawe sechzig Silberdollar für das Ding und setzte es auf ein Regal in der Mitte des Schaufensters.

»Nun«, sprach Keawe, »da habe ich für sechzig verkauft, was ich für fünfzig kaufte – oder, genau gesagt, für etwas weniger, denn einer meiner Dollars war ein chilenischer. Jetzt will ich doch mal sehen, was geschieht.«

So ging er auf das Schiff zurück, und als er seine Seekiste öffnete, lag die Flasche darin und war schon vor ihm angekommen.

Nun hatte Keawe einen Kameraden mit Namen Lopaka an Bord.

Sie waren allein in der Back, und Keawe erzählte ihm alles unter dem Siegel der Verschwiegenheit.

»Das ist mir schon eine sonderbare Sache«, sagte Lopaka, »und ich fürchte, die Flasche wird dir noch Kummer bereiten. Doch eins ist ganz klar. Da du bestimmt Ärger bekommen wirst, solltest du aus dem Handel auch deinen Nutzen ziehen. Überlege dir, was du haben möchtest, teil dem Teufel deine Wünsche mit, und wenn er tut, wie du ihm befiehlst, will ich dir die Flasche abkaufen, denn mir schwebt ein eigener Schoner vor. Damit könnte ich nach den Inseln fahren, um zu handeln.«

»Das wäre nichts für mich«, sagte Keawe. »Ich hätte lieber ein schönes Haus und einen Garten an der Konaküste, wo ich geboren bin, mit Sonnenschein vor der Tür, Scheiben in den Fenstern, Bildern an den Wänden, Spieldosen und feinen Decken auf den Tischen, Blumen im Garten, und es müßte unbedingt so sein wie das Haus, das ich heute gesehen habe, nur ein Stockwerk höher, und es müßte überall Balkons haben wie der Königspalast, und dann würde ich ohne Sorgen darin wohnen und mich mit meinen Freunden und Verwandten des Lebens freuen.«

»Nun«, sagte Lopaka, »laß sie uns mit nach Hawaii nehmen, und wenn sich alles erfüllt, was du ja annimmst, werde ich sie wie gesagt kaufen und mir einen Schoner wünschen.«

Hierauf einigten sie sich, und es dauerte nicht lange, dann kehrte das Schiff mit Keawe, Lopaka und der Flasche nach Honolulu zurück. Sie waren kaum gelandet, da trafen sie am Strand einen Freund, der Keawe sogleich sein Beileid aussprach.

»Ich weiß nicht, wen ich betrauern sollte«, sagte Keawe.

»Ist es möglich, daß du es noch nicht gehört hast?« fragte der Freund. »Dein Onkel, dieser gute alte Mann, ist gestorben und dein Vetter, dieser hübsche Junge, im Meer ertrunken.«

Keawe war tief betrübt und begann zu weinen und zu klagen und vergaß die Flasche. Lopaka aber dachte daran, und als Keawes Kummer nachließ, sagte er: »Ich frage mich schon die ganze Zeit, besaß dein Onkel nicht etwas Land auf Hawaii, in der Gegend von Kaü?«

»Nein«, sagte Keawe, »nicht in Kaü, sondern auf einem Berg, südlich von Hookena.«

»Die Ländereien werden jetzt dir gehören?« fragte Lopaka.

»Dessen bin ich sicher«, erwiderte Keawe und fuhr fort, den Verlust seiner Verwandten zu beklagen.

»Nein«, sagte Lopaka, »jammere jetzt nicht. Ich habe da über etwas nachgedacht. Könnte nicht alles nur das Werk der Flasche sein? Denn dieser Platz ist wie geschaffen für dein Haus.«

»Wenn es wirklich so wäre«, schrie Keawe, »hätte mir der Teufel einen üblen Dienst erwiesen, indem er meine Verwandten umbrachte. Aber es mag wohl sein, daß du recht hast, denn gerade so sah der Ort aus, an dem ich mir mein Haus vorstellte.«

»Das Haus ist aber noch nicht gebaut«, sagte Lopaka.

»Nein, und das wird wahrscheinlich auch nicht geschehen«, sagte Keawe, »denn obwohl mein Onkel Kaffee, Kawa und Bananen besaß, reichte es gerade zum Leben, weil das übrige Land schwarze Lava ist.«

»Wollen wir nicht trotzdem zum Rechtsanwalt gehen?« fragte Lopaka. »Mir läßt das alles keine Ruhe.«

Als sie nun zum Rechtsanwalt kamen, stellte sich heraus, daß Keawes Onkel in den letzten Tagen zu Reichtum gelangt war und ein kleines Vermögen hinterlassen hatte.

»Da ist ja das Geld für dein Haus!« rief Lopaka.

»Für den Fall, daß Sie an einen Neubau denken«, sagte der Rechtsanwalt, »gebe ich Ihnen die Karte eines jungen Architekten, über den man sehr viel Gutes hört.«

»Das wird ja immer besser!« sagte Lopaka. »Uns ist der Weg schon vorgezeichnet. Wollen wir also weiter tun, was man uns befiehlt.«

So gingen sie zu dem Architekten, und der hatte seine Pläne auf den Tisch gelegt.

»Sie wollen etwas Besonderes?« fragte der Architekt. »Wie gefällt Ihnen dieses hier?« Und er reichte Keawe eine Zeichnung.

Ja, und Keawe hatte kaum einen Blick daraufgeworfen, als er laut aufschrie, denn es war eine Zeichnung seines Hauses, genau so, wie er es sich vorgestellt hatte.

Ich kann dieses Haus nicht mehr ausschlagen, sowenig mir die Art und Weise gefällt, wie ich dazu kommen soll, aber ich werde es besitzen, ob ich will oder nicht,

und da ich das Ungemach in Kauf nehmen muß, brauche ich auch auf die Annehmlichkeiten nicht zu verzichten.

So offenbarte er dem Architekten alle seine Wünsche und sagte ihm, wie man ihm das Haus einrichten solle, und er erwähnte die Bilder an der Wand und die unterhaltsamen Dinge auf den Tischen, und er fragte den Mann offen, für welche Summe er den ganzen Auftrag übernehmen würde.

Der Architekt stellte viele Fragen, griff zum Federhalter und überrechnete es, und als er fertig war, nannte er genau den Betrag, den Keawe geerbt hatte.

Lopaka und Keawe sahen sich vielsagend an und nickten einander zu.

Es ist völlig klar, daß ich dieses Haus haben werde, dachte Keawe, ob ich will oder nicht. Es kommt vom Teufel, und ich fürchte, daß ich wenig Gutes zu erwarten habe, und das ist auch sicher: Ich werde mir nichts mehr wünschen, solange ich diese Flasche besitze. Doch das Haus habe ich mir aufgehalst, und da ich das Böse erdulden muß, will ich auch das Gute nicht zurückweisen.

So einigte er sich mit dem Architekten, und sie unterzeichneten einen Vertrag. Keawe und Lopaka schifften sich wieder ein und segelten nach Australien, denn sie hatten unter sich ausgemacht, daß sie sich nicht einmischen, sondern es dem Architekten und dem Flaschenteufel überlassen wollten, das Haus nach ihrem eigenen Ermessen zu bauen und einzurichten.

Sie hatten eine gute Fahrt, nur war Keawe die ganze Zeit über sehr zurückhaltend, denn er hatte geschworen, keinen Wunsch mehr zu äußern und von dem Teufel keine Gefälligkeit mehr anzunehmen. Der Termin für den Bau war verstrichen, als sie zurückkehrten; der Architekt teilte ihnen mit, daß das Haus fertig sei, und Keawe und Lopaka unternahmen eine Reise mit der *Hall* nach Kona, um es sich anzuschauen und zu prüfen, ob alles wunschgemäß ausgeführt sei.

Nun stand das Haus auf dem Berg und war vom Schiff aus zu sehen. Oberhalb er-

streckte sich der Wald bis in die Regenwolken hinein, unterhalb lagen die schwarzen Lavaklippen, wo vorzeiten die Könige begraben wurden. In dem Garten am Haus blühten die Blumen in allen Farben, und eine Papayaplantage stand zur linken Hand und eine Brotfruchtplantage zur rechten, und davor erhob sich ein Schiffsmast mit einer Flagge. Das Haus selbst, drei Stockwerke hoch, hatte geräumige Zimmer, zu denen je ein großer Balkon gehörte. Die Fensterscheiben aus wunderbarem Glas waren durchsichtig wie Wasser und hell wie der Tag. Alle möglichen Möbel zierten die Räume. Bilder in Goldrahmen hingen an den Wänden, Bilder mit den schönsten Frauen, mit Schiffen, kämpfenden Männern und zauberhaften

Landschaften. Nirgends in der Welt gibt es Bilder von so leuchtenden Farben wie jene, die Keawe an den Zimmerwänden seines Hauses fand. Auch die Dinge, die dem Zeitvertreib dienen sollten, waren ganz erlesen: Uhren mit Glockenspielen und Spieldosen, kleine Männer mit nickenden Köpfen, Bücher voller Illustrationen, kostbare Waffen aus allen Teilen der Welt und die feinsten Geduldspiele, einen einsamen Mann in seinen Mußestunden zu unterhalten. Und da man in solchen Zimmern gewiß nicht wohnen, sondern nur hindurchgehen und sich alles ansehen sollte, waren die Balkons so geräumig gebaut, daß darauf eine ganze Stadt bequem Platz gehabt hätte, und Keawe wußte nicht, was er vorziehen sollte, die

Veranda nach hinten hinaus, wo er die Landbrise genießen konnte und einen Blick auf die Plantagen und den Blumengarten hatte, oder einen der vorderen Balkons, wo er den Seewind trinken und unter der Felswand die *Hall* sehen konnte, die zwischen Hookena und dem hügeligen Pele verkehrte und gewöhnlich einmal in der Woche vorüberkam – oder auch die Schoner, die regelmäßig die Küste entlangfuhren, um Holz, Kawa und Bananen an Bord zu nehmen.

Als Keawe und Lopaka ihren Rundgang beendet hatten, setzten sie sich auf die Veranda.

»Nun, ist alles so, wie du es dir gedacht hast?« fragte Lopaka.

»Ich finde keine Worte«, sagte Keawe. »Es ist schöner, als ich mir erträumen ließ, und ich bin mehr als zufrieden.«

»Ich habe nur noch ein Bedenken«, sagte Lopaka. »Alles könnte auf ganz natürliche Weise so geschehen sein und der Flaschenteufel überhaupt nichts dazu getan haben. Wenn ich die Flasche kaufen würde und dann keinen Schoner bekäme, hätte ich mir umsonst die Finger verbrannt. Ich habe es dir versprochen, ich weiß, aber ich denke doch, du solltest mir noch einen Beweis nicht vorenthalten.«

»Ich habe geschworen, daß ich nichts mehr annehmen werde«, sagte Keawe. »Ich sitze schon tief genug in der Tinte.«

»Ich verlange ja nicht, daß er dir noch etwas schenken soll«, entgegnete Lopaka. »Es ist nur, daß ich den Teufel sehen möchte. Dabei gibt es nichts zu gewinnen, also auch nichts, dessen du dich später schämen müßtest. Aber wenn er sich einmal gezeigt hätte, wäre ich mir meiner Sache sicher. Komm, laß mich den Teufel anschauen, dann will ich ihn kaufen; ich halte das Geld schon in der Hand.«

»Ich fürchte nur«, sagte Keawe, »der Teufel könnte abstoßend häßlich sein, und wenn du einen Blick auf ihn geworfen hast, magst du die Flasche vielleicht nicht mehr haben.«

»Ich bin ein Mann von Wort«, sagte Lopaka, »und da lege ich das Geld zwischen uns.«

»Also gut«, entgegnete Keawe. »Du hast

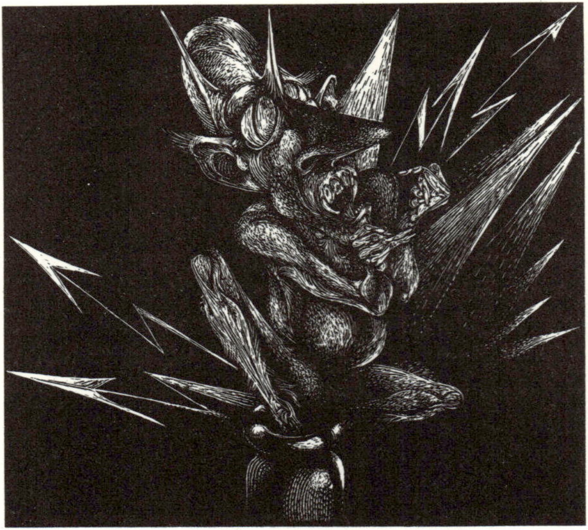

mich selbst neugierig gemacht. So kommt denn heraus, Herr Teufel, und laßt Euch anschauen.«

Sobald er dies gesagt hatte, sah der Teufel zur Flasche heraus und war wieder verschwunden, schnell wie eine Eidechse, und Keawe und Lopaka saßen wie versteinert da. Die Nacht war längst gekommen, ohne daß einer von beiden einen Gedanken gefaßt oder ein Wort hätte sprechen können, und dann schob Lopaka das Geld zu Keawe hin und nahm die Flasche.

»Ich bin ein Mann von Wort«, sagte er, »und das ist dein Glück, denn sonst würde ich die Flasche nicht mit dem Fuß anrühren. Nun, ich werde mir meinen Schoner geben lassen und ein paar Dollars Taschengeld, und dann will ich mir diesen Teufel vom Halse schaffen, so schnell ich nur kann. Denn um dir die volle Wahrheit zu sagen, sein Anblick ist niederschmetternd.«

»Lopaka«, sagte Keawe, »denke nicht schlechter als nötig von mir. Ich weiß, es ist Nacht, und die Wege sind schlecht, und zu so später Stunde ist es bei den Gräbern nicht geheuer, aber laß dir erklären, seit ich dieses kleine Gesicht gesehen habe, kann ich weder essen noch schlafen noch beten, solange ich es in meiner Nähe weiß. Ich will dir eine Laterne geben und einen Korb für die Flasche, und jedes Bild oder was sonst dir in meinem Haus gefällt – nimm es, nur geh jetzt fort und schlaf in Hookena bei Nahinu.«

»Keawe«, sagte Lopaka, »manch einer würde dir das übelnehmen, vor allem, wenn man bedenkt, daß ich dir den Freundesdienst erweise, mein Wort zu halten und die Flasche zu kaufen, und außerdem sind die Nacht und die Dunkelheit und der Weg an den Gräbern vorbei zehnmal gefährlicher für einen Mann, der eine Sünde auf dem Gewissen hat und solch eine Flasche unter dem Arm. Aber ich für mein Teil bin selber so sehr erschrocken, daß mir der Mut fehlt, dir Vorwürfe zu machen. Hier gehe ich also und bete zu Gott, du mögest in deinem Haus glücklich sein und ich mit meinem Schoner auch und daß wir beide am Ende doch noch in den Himmel kommen, trotz des Teufels und seiner Flasche.«

So ritt Lopaka den Berg hinunter, und Keawe stand auf dem Balkon und lauschte dem Klirren der Hufeisen, und er sah den Schein der Laterne den Pfad entlang abwärts wandern, vorbei an der Klippe mit den Höhlen, in denen die alten Toten begraben lagen; und die ganze Zeit zitterte er und rang die Hände und betete für seinen Freund und

rühmte Gott, daß er selbst dieser Not entronnen war.

Doch ein strahlender Morgen zog herauf, und sein neues Haus sah so prächtig aus, daß er alle Schrecken vergaß. Ein Tag folgte dem anderen, und Keawe lebte in ständiger Freude. Sein Lieblingsplatz war auf der Veranda hinten. Dort aß und wohnte er und las die Geschichten in den Honoluluer Zeitungen. Aber wenn irgendein Besucher kam, gingen sie hinein und sahen sich die Zimmer und die Bilder an. Und das Haus wurde weit und breit berühmt; man nannte es in ganz Kona *Ka-Hale Nui,* das Große Haus, und manchmal auch das Blitzblanke Haus, denn Keawe beschäftigte einen Chinesen, der von früh bis spät Staub wischte und putzte, und das Glas und das Gold und die feinen Gewebe und die Bilder blitzten blank wie der Morgen. Keawe selbst konnte nicht durch die Zimmer gehen, ohne zu singen, so leicht war ihm ums Herz, und wenn auf dem Meer ein Schiff vorüberfuhr, hißte er seine Flagge am Mast.

So verging die Zeit, und eines Tages ritt

Keawe bis nach Kailua, um einige Freunde zu besuchen. Dort bewirteten sie ihn gut, doch am nächsten Morgen brach er so zeitig wie möglich auf und ritt sehr schnell, denn es drängte ihn, sein schönes Haus wiederzusehen, und außerdem näherte sich die Nacht, in der bei Kona die Toten umgehen, und da er sich schon mit dem Teufel eingelassen hatte, war er um so mehr darauf bedacht, nicht noch einem Geist zu begegnen. Gleich hinter Honaunau spähte er weit voraus und bemerkte eine Frau, die an der Küste badete, sie schien ein gutgewachsenes Mädchen zu sein, aber er beachtete sie nicht. Dann sah er ihr weißes Hemd flattern, als sie es anzog, und danach ihr rotes Gewand, und als er herangekommen war, hatte sie ihre Toilette beendet und stand frisch vom Bade in ihrem roten Gewand am Strand, und ihre Augen glänzten und blickten freundlich. Als Keawe sie so sah, zügelte er sofort sein Pferd.

»Ich dachte, ich kenne jeden Menschen hierzulande«, sagte er. »Wie kommt es, daß ich dich nicht kenne?«

»Ich bin Kokua, Kianos Tochter«, sprach das Mädchen, »und ich bin erst kürzlich von Oahu zurückgekehrt. Und wer bist du?«

»Das will ich dir sagen«, erwiderte Keawe, »aber nicht sogleich. Ich möchte dich nämlich etwas fragen, und wenn du wüßtest, wer ich bin, und über mich schon etwas erfahren hättest, würdest du mir keine wahre Antwort geben. Doch verrate mir vor allem eins. Bist du verheiratet?«

Da lachte Kokua schallend auf und fragte: »Bist du denn selbst verheiratet?«

»Wirklich, Kokua, das bin ich nicht«, erwiderte Keawe, »und ich hatte vor diesem Augenblick niemals daran gedacht zu freien. Aber dies ist die reine Wahrheit. Ich habe dich nun hier am Wegrand getroffen und deine Augen, die wie Sterne sind, gesehen, und da ist mein Herz dir schnell wie ein Vogel zugeflogen. Und um es kurz zu machen, wenn du mich nicht magst, sag es, und ich werde meiner Wege ziehen; aber wenn du meinst, daß ich nicht schlechter bin als irgendein anderer junger Mann, dann laß es mich gleichfalls wissen, und ich

werde die Nacht im Hause deines Vaters verbringen und morgen früh mit dem guten Manne reden.«

Kokua sprach kein Wort, sondern sah aufs Meer hinaus und lachte.

»Kokua«, sagte Keawe, »da du nichts sagst, will ich das als eine gute Antwort werten. Laß uns die Schritte zur Tür deines Vaterhauses lenken.«

Sie ging vor ihm her, immer noch schweigend, nur sah sie sich manchmal nach ihm um und wandte den Blick dann schnell wieder ab, und sie hielt die Bänder ihres Hutes im Mund.

Als sie nun an der Tür angelangt waren, trat Kiano auf die Veranda hinaus und rief Keawe beim Namen und hieß ihn willkommen. Da sah das Mädchen auf, denn von dem berühmten Haus hatte auch sie schon gehört, und ganz gewiß war es eine große Versuchung. Diesen ganzen Abend waren sie sehr fröhlich alle zusammen, und Kokua war vor den Augen ihrer Eltern ausgelassen und dreist in ihrem Übermut, und sie neckte Keawe, denn sie war schlagfertig und klug. Am nächsten Tag sprach Keawe mit Kiano, und dann traf er das Mädchen allein an.

»Kokua«, sagte er, »du hast mich den ganzen Abend gefoppt, und noch ist es nicht zu spät, mich fortzuschicken. Ich wollte dir nicht sagen, wer ich bin, weil ich ein so schönes Haus habe und fürchtete, du könntest zuviel an das Haus und zuwenig an den liebenden Mann denken. Jetzt weißt du alles, und wenn du mich nie wiedersehen möchtest, dann sag es mir nur freiheraus.«

»Nein«, entgegnete Kokua, doch diesmal lachte sie nicht, und mehr wollte Keawe auch nicht wissen.

Das war Keawes Werbung. Sie hatte nicht lange gedauert. So schnellt ein Pfeil von der Sehne, und eine Gewehrkugel fliegt noch schneller, und doch können beide das Ziel treffen. Alles war schnell gekommen, aber es war auch weit gediehen, und der Gedanke an Keawe ging dem Mädchen nicht mehr aus dem Sinn. Sie hörte seine Stimme im Brausen der Brandung, die gegen die Lavafelsen rollte, und für diesen jungen Mann, den sie erst zweimal gesehen hatte, wäre sie von Vater und Mutter und von ihrer Heimatinsel fortgegangen. Keawe selbst flog auf Pferdesrücken den Gebirgspfad bei der Gräberklippe hinan, und das Hufgeklapper und seine Stimme – denn Keawe sang vor lauter Glück – hallten in den Höhlen der Toten wider. Er kam zu Hause an und sang noch immer. Er saß auf dem geräumigen Balkon des Blitzblanken Hauses und aß, und der

Chinese wunderte sich, daß er seinen Herrn zwischen den Bissen singen hörte. Die Sonne versank im Meer, die Nacht brach an, und oben lief Keawe über die Balkons des Blitzblanken Hauses, und der Schall seiner Stimme schreckte unten die Schiffsbesatzungen auf.

»Da habe ich nun den Gipfel der Seligkeit erklommen«, sagte er zu sich selbst. »Schöner kann das Leben nicht sein, das ist die Bergspitze, und alles neigt sich der Tiefe zu. So will ich zum erstenmal das Zimmer erleuchten und in meinem herrlichen Bad mit dem heißen und kalten Wasser baden und allein im Bett des Brautgemachs schlafen.«

Der Chinese hörte die Befehle und mußte sich aus dem Schlaf aufraffen und in den

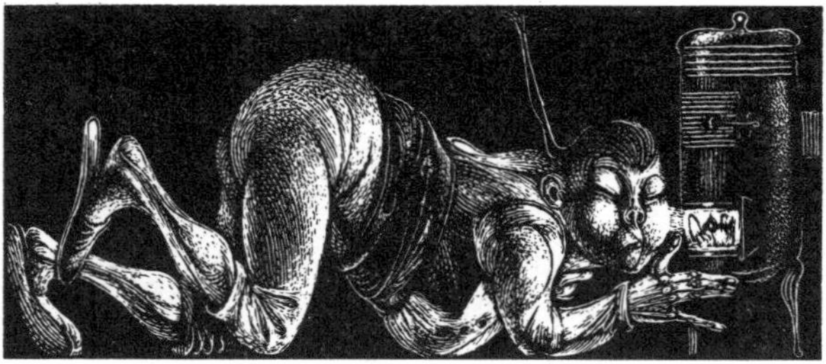

Öfen Feuer machen, und während er unten bei den Kesseln hantierte, hörte er seinen Herrn oben in den erleuchteten Zimmern singen und sich freuen. Als das Wasser heiß geworden war, rief der Chinese ihn herbei, und Keawe kam in das Badezimmer herunter, und der Chinese hörte ihn singen, während sich das Marmorbad füllte, und er hörte ihn singen, als Keawe sich auszog, nur daß der Gesang jetzt mehrmals unterbrochen wurde, und dann verstummte Keawe plötzlich vollends. Der Chinese lauschte und lauschte, er rief Keawe und fragte, ob alles recht getan sei, und Keawe antwortete: »Ja«, und hieß ihn zu Bett gehen; aber es gab keinen Gesang mehr in dem Blitzblanken Haus, und die ganze Nacht hindurch hörte der Chinese die Schritte seines Herrn, der ruhelos und ohne Pause auf den Balkons einherwanderte.

Es hatte sich nämlich das Folgende zugetragen: Als Keawe die Kleider ablegte, um zu baden, entdeckte er auf seinem Körper einen Fleck wie eine Flechte auf einem Felsen, und das war der Augenblick, als der Gesang erstarb; denn Keawe kannte solche Flecke und wußte, daß er vom Aussatz befallen war.

Nun ist es schlimm für jeden Menschen, an Lepra erkrankt zu sein, und es wäre für jedermann auch ein traurig Ding, ein so schönes, bequemes Haus verlassen zu müssen und von allen Freunden zu scheiden und an die Nordküste Molokais zu gehen, um dort zwischen den mächtigen Klippen und der Brandung ein kümmerliches Dasein zu fristen. Aber was für ein Schlag war das erst für einen Mann wie Keawe, der tags zuvor seiner Liebe begegnet war und sie am Morgen gewonnen hatte und nun in einem Augenblick alle seine Hoffnungen zerbrechen sah wie ein Stück Glas?

Eine Weile saß er auf dem Rand des Bades, dann sprang er hoch mit einem Schrei und lief hinaus und hin und her auf den Balkons in seiner Verzweiflung.

Wie bereitwillig könnte ich Hawaii verlassen, dachte Keawe, die Heimat meiner Väter. Leichten Herzens schiede ich von meinem vielfenstrigen hoch gelegenen Berghaus. Wie tapfer zöge ich nach Molokai, nach Kalaupapa bei den Klippen, um mit den Aussätzigen zu leben und dort zu schlafen, fern von meinen Vätern. Aber welches Unrecht habe ich getan, welche Sünde habe ich auf mich geladen, daß ich Kokua treffen mußte, als sie am Abend erfrischt aus dem Wasser stieg? Kokua, die meine Seele gefangenhält! Kokua, das Licht meines Lebens! Sie werde ich nun niemals freien, sie werde ich nie wiedersehen, sie werde ich nicht mehr berühren mit meiner zärtlichen Hand; und es ist nur der Liebe, nur deinetwegen, o Kokua, daß ich so klage!

Nun sieht man also, was für ein Mensch Keawe war, denn er hätte noch für Jahre dort in dem Blitzblanken Haus wohnen können, und niemand hätte etwas von seiner Krankheit geahnt. Doch was bedeutete ihm das alles, wenn er Kokua verlieren mußte. Und freilich hätte er Kokua heiraten können, so schlimm es um ihn stand, und wie viele hätten es getan, weil sie die Seelen von Schweinen haben; Keawe aber liebte das Mädchen wie ein Mann und wollte ihr keinen Schmerz zufügen und sie keiner Gefahr aussetzen.

Kurz nach Mitternacht fiel ihm die Flasche ein. Da ging er auf die Veranda und erinnerte sich des Tages, als der Teufel herausgeschaut hatte, und bei diesem Gedanken erstarrte das Blut in seinen Adern zu Eis.

Ein schreckliches Ding ist diese Flasche, dachte Keawe, und schrecklich ist auch der Teufel, und es ist schrecklich, mit dem Feuer der Hölle zu spielen. Aber wie anders kann ich hoffen, meine Krankheit zu heilen und Kokua zu freien? Wie, dachte er, sollte ich den Teufel einmal herausgefordert haben, nur um ein Haus zu besitzen, und mich nicht ein zweites Mal mit ihm einlassen, um Kokua zu gewinnen?

Dann fiel ihm ein, daß die *Hall* auf ihrer Rückfahrt nach Honolulu am nächsten Tag vorüberkommen mußte. Dorthin will ich mich zuerst wenden, dachte er, und mit Lopaka sprechen; denn meine größte Hoffnung ist jetzt, die Flasche wiederzufinden, von der ich mich so gern getrennt habe.

Er tat die ganze Nacht kein Auge zu; jeder Bissen blieb ihm im Halse stecken, aber er schickte Kiano einen Brief, und als es an der Zeit war, daß der Dampfer wohl bald kommen würde, ritt er hinab, am Gräberfelsen vorbei. Es regnete; sein Pferd stampfte schwer; er sah zu den schwarzen Öffnungen der Höhlen auf und beneidete die Toten, die dort schliefen und frei von allen Sorgen waren; und er erinnerte sich, wie er tags zuvor bergan galoppiert war, und wunderte sich, daß sich alles so rasch gewandelt hatte. Er kam unten in Hookena an, und da war wie gewöhnlich das ganze Land versammelt und erwartete den Dampfer. Im Schuppen vor dem Lagerhaus saßen die Leute und scherzten und erzählten sich die Neuigkeiten. Keawe aber fühlte kein Verlangen zu sprechen in der Brust, und er saß in ihrer Mitte, blickte in den Regen, der draußen auf die Dächer fiel, und er sah das Meer an die Felsen branden, und Seufzer stiegen in seiner Kehle hoch.

»Keawe aus dem Blitzblanken Haus ist schlecht gelaunt«, sagte einer zu einem anderen. Gewiß, so war es auch, und ein Wunder war es nicht.

Dann kam die *Hall,* und das Walfangboot brachte ihn an Bord. Achtern waren viele *Haolen,* Weiße, die, wie es bei ihnen Brauch ist, den Vulkan besucht hatten. Mittschiffs drängten sich Kanaken, und das Vorschiff war mit wilden Stieren aus Hilo und Pferden

aus Kaü beladen. Keawe aber setzte sich in seiner Sorge abseits von allen hin und hielt Ausschau nach Kianos Haus. Da stand es denn auch, niedrig und nahe der Küste, zwischen schwarzen Felsen, im Schatten der Kokospalmen, und bei der Tür war sie in einem roten Gewand, nicht größer als ein Marienkäferchen, und lief auch so geschäftig hin und her.

»Ach, Königin meines Herzens«, schrie er, »ich will mein Seelenheil wagen, um dich zu gewinnen!«

Bald darauf sank die Dämmerung herab, und die Kabinen wurden beleuchtet, und die Haoles setzten sich und spielten Karten und tranken Whisky, wie es bei ihnen Brauch ist. Doch Keawe ging die ganze Nacht auf Deck umher und den ganzen nächsten Tag; während sie im Windschatten der Inseln Maui und Molokai fuhren, lief er immer noch wie ein wildes Tier in einem Käfig hin und her.

Gegen Abend passierten sie Pearl Harbor und legten am Kai von Honolulu an. Keawe verließ mit der Menge das Schiff und hörte sich nach Lopaka um. Wie sich herausstellte, war Lopaka inzwischen der Besitzer eines Schoners geworden – und keinen besseren gab es weit und breit – und war auf große Fahrt nach Pola-Pola oder Kahiki gegangen, so daß Keawe von ihm keine Hilfe zu erwarten hatte. Aber Keawe erinnerte sich eines seiner Freunde, eines Rechtsanwalts in der Stadt (seinen Namen darf ich nicht nennen), und erkundigte sich nach ihm und erfuhr, der Mann sei plötzlich reich geworden und besitze ein schönes neues Haus an der Küste von Waikiki. Und das gab Keawe einen Gedanken ein, und er rief nach einer Kutsche und suchte den Rechtsanwalt auf.

Das Haus war funkelnagelneu und die Bäume im Garten nicht größer als Spazierstöcke, und der Rechtsanwalt kam mit einer höchst zufriedenen Miene an die Tür.

»Womit kann ich Ihnen dienen?« fragte er.

»Sie sind Lopakas Freund«, antwortete Keawe, »und Lopaka kaufte von mir einen gewissen Gegenstand, den aufzuspüren,

dachte ich, Sie mir vielleicht behilflich sein können.«

Die Miene des Rechtsanwalts verfinsterte sich. »Ich will nicht behaupten, daß ich Sie mißverstehe, Herr Keawe«, sagte er, »obwohl es unangenehm ist, an diese Geschichte erinnert zu werden. Seien Sie versichert, daß ich nichts Bestimmtes weiß, und doch habe ich so eine Ahnung, und wenn Sie sich an eine gewisse Stelle wenden würden, glaube ich, daß Sie etwas Neues erfahren könnten.«

Und er nannte den Namen eines Mannes, den ich ebenfalls lieber nicht wiedergeben möchte. So ging das tagelang fort, und Keawe lief von einem zum andern, fand überall neue Kleider, Wagen und schöne Häuser vor und traf sehr zufriedene Leute an, aber sobald er andeutete, weshalb er gekommen sei, verfinsterten sich die Gesichter.

Ohne Zweifel bin ich auf der richtigen Spur, dachte Keawe, diese neuen Kleider und Kutschen sind die Gaben des kleinen Teufels, und diese frohen Gesichter sind die Gesichter von Männern, die ihren Vorteil wahrgenommen haben und das verfluchte Ding glücklich losgeworden sind. Wenn ich bleiche Wangen sehe und Seufzer höre, werde ich wissen, daß ich der Flasche nahe bin.

So geschah es endlich, daß er an einen Haolen in der Beritaniastraße verwiesen wurde. Als er die Tür erreichte – gegen die

Stunde der Abendmahlzeit –, entdeckte er die üblichen Kennzeichen: ein neues Haus, einen jungen Garten, und das elektrische Licht fiel durch die Fensterscheiben; aber als der Besitzer erschien, bekam Keawe einen freudigen Schreck, und Hoffnung und Furcht durchströmten ihn; denn vor ihm stand ein junger Mann, leichenblaß, mit dunklen Ringen unter den Augen, das Haar zerwühlt und einen Ausdruck im Gesicht, als ob der Galgen auf ihn warte.

Hier ist sie bestimmt, dachte Keawe, und so fiel er denn gleich mit der Tür ins Haus. »Ich bin gekommen, um die Flasche zu kaufen«, sagte er.

Als der junge Haole in der Beritaniastraße diese Worte hörte, taumelte er haltlos gegen die Wand.

»Die Flasche!« stotterte er, nach Atem ringend, »die Flasche zu kaufen?« Dann schien er dem Ersticken nahe, ergriff Keawe am Arm, führte ihn in ein Zimmer und füllte zwei Gläser mit Wein.

»Sehr zum Wohl!« sagte Keawe, der damals schon viel unter Haolen gewesen war

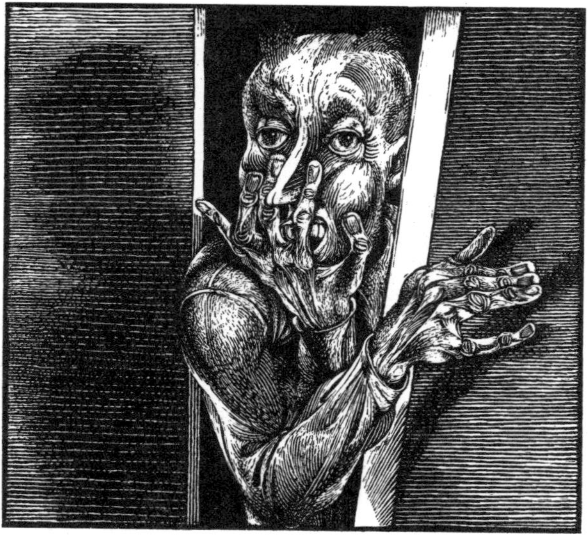

und ihre Gepflogenheiten kannte. »Ja«, fügte er hinzu. »Ich bin gekommen, um die Flasche zu kaufen. Welches ist jetzt ihr Preis?«

Bei diesen Worten entglitt dem jungen Mann das Glas, und er starrte Keawe an, als sähe er einen Geist vor sich.

»Der Preis«, sagte der, »der Preis! Sie kennen den Preis nicht?«

»Darum fragte ich Sie ja!« entgegnete Keawe. »Aber warum beunruhigt Sie das so? Stimmt etwas mit dem Preis nicht?«

»Er ist seit Ihrer Zeit sehr stark gesunken, Herr Keawe«, stammelte der junge Mann.

»Nun ja, desto weniger werde ich zu zahlen haben«, sagte Keawe. »Wieviel hat die Flasche Sie gekostet?«

Der junge Mann war weiß wie ein Laken. »Zwei Cent«, sagte er.

»Was?« schrie Keawe. »Zwei Cent? Aber dann können Sie sie ja nur für einen verkaufen. Und derjenige, der sie nimmt ...« Die Worte erstarben ihm auf den Lippen. Wer sie kaufte, konnte sie nie weiterverkaufen; die Flasche und der Flaschenteufel mußten bei ihm bleiben, bis er starb, und wenn er gestorben war, mußten sie ihn zum roten Teufel der Hölle tragen.

Der junge Mann von der Beritaniastraße fiel auf die Knie. »Um Gottes willen, kaufen Sie die Flasche!« schrie er. »Ich gebe Ihnen mein ganzes Vermögen dazu. Ich war wahnsinnig, als ich sie zu diesem Preis erwarb. Ich hatte in meinem Laden Geld unterschlagen, ich wäre sonst verloren gewesen, ich hätte ins Gefängnis gemußt.«

»Armer Kerl«, sagte Keawe. »Sie haben Ihr Seelenheil bei diesem verzweifelten Abenteuer aufs Spiel gesetzt, nur um der gerechten Strafe für Ihre Untreue zu entgehen. Und Sie glauben, ich könnte zögern, wo es um die Liebe geht? Geben Sie mir die Flasche und das Wechselgeld, das Sie sicherlich bereithalten. Hier ist ein Fünfcentstück.«

Es war, wie Keawe vermutete. Der junge Mann hatte das Kleingeld in einer Schublade liegen. Die Flasche wechselte den Besitzer, und Keawe hatte den Hals kaum mit den Fingern umschlossen, da äußerte er auch schon den Wunsch, ein gesunder Mensch zu sein. Und wirklich, als er nach Hause kam und sich in seinem Zimmer vor einem Spiegel entkleidete, war seine Haut heil wie die eines Kindes. Und dann geschah etwas Sonderbares. Einen winzigen Augenblick nachdem er dieses Wunder geschaut hatte, wurde er ein anderer, und der

Aussatz kümmerte ihn nicht mehr, und auch Kokua bedeutete ihm wenig genug; ihn beschäftigte nur noch der eine Gedanke, daß er nun für alle Zeit und Ewigkeit dem Flaschenteufel verpfändet war und keine andere Aussicht hatte, als endlos in der Hölle zu schmoren. In seiner Vorstellung sah er schon die Flammen lohen, seine Seele erschauderte, und Finsternis senkte sich auf alles Licht herab.

Als Keawe sich ein wenig gefaßt hatte, fiel ihm ein, daß dies der Abend war, an dem die Kapelle im Hotel spielte. Dorthin ging er nun, denn er fürchtete sich, allein zu sein, und da, unter den glücklichen Menschen, schritt er hin und her; er lauschte dem Auf und Ab der Melodien, sah Berger den Takt schlagen, und immerfort hörte er die Flammen prasseln und sah das rote Feuer in der bodenlosen Grube lodern. Auf einmal spielte die Kapelle Hiki-ao-ao; das war ein Lied, das er mit Kokua gesungen hatte, und bei dieser Musik fand er seinen Mut wieder.

Es ist nun einmal geschehen, dachte er,

und ich will mich ins Unvermeidliche fügen, ohne auf die Annehmlichkeiten zu verzichten.

So kam es, daß er mit dem ersten Dampfer nach Hawaii zurückkehrte, und so schnell es sich einrichten ließ, fand die Hochzeit statt, und er führte Kokua den Hang hinauf ins Blitzblanke Haus.

Nun war es so mit den beiden, daß Keawes Herz sich beruhigte, wenn sie beieinander waren, doch kaum war er allein, verfiel er in ein entsetzliches Brüten und hörte wieder die Flammen prasseln und sah das rote Feuer in der bodenlosen Grube lodern. Kokua gehörte ihm ganz, und von seinem Anblick hüpfte ihr das Herz in der Brust, und ihre Hand wollte die seine nicht lassen, und sie war vom Haupthaar bis zu den Nägeln ihrer Zehen so beschaffen, daß keiner sie ohne Freude ansehen konnte. Sie hatte ein angenehmes Gemüt, hielt immer ein freundliches Wort bereit. Voller Lieder war sie und lief treppauf, treppab in dem Blitzblanken Haus – das strahlendste Wesen in den drei Stockwerken, und sie jubilierte wie die Vögel. Und Keawe schaute und hörte sie mit Entzücken, und darauf brach ihm wieder fast das Herz, und er wollte weinen und stöhnen, denn er dachte an den Preis, den er für sie bezahlt hatte, und dann mußte er die Augen trocknen und sich das Gesicht waschen und zu ihr gehen und mit ihr auf den breiten Balkons sitzen, in ihren Gesang einstimmen und kranken Herzens ihr Lächeln erwidern.

Es kam der Tag, da ihre Füße schwer und ihre Lieder selten wurden, und nun war es nicht nur Keawe, der für sich weinte, sondern beide flohen einander, und sie saßen auf getrennten Balkons und hatten die

ganze Breite des Blitzblanken Hauses zwischen sich. Keawe war so von Verzweiflung überwältigt, daß er den Wandel kaum bemerkte und nur froh war, mehr Zeit für sich zu haben, um allein dazusitzen und über sein Geschick zu grübeln und seltener eine heitere Miene aufsetzen zu müssen. Doch als er eines Tages durchs Haus ging, glaubte er ein Kind schluchzen zu hören, und da wälzte sich Kokua auf dem Fußboden des Balkons und weinte wie eine Verlorene.

»Du tust recht, in diesem Hause zu weinen, Kokua«, sagte er, »und doch würde ich meinen Kopf hergeben, könntest wenigstens du glücklich sein.«

»Glücklich!« sagte sie schluchzend, »Keawe, als du allein in deinem Blitzblanken Haus lebtest, galtest du auf der ganzen Insel als glücklicher Mann; Lachen und Lieder waren auf deinen Lippen, und dein Gesicht war strahlend wie der Sonnenaufgang. Dann nahmst du dir die arme Kokua zur Frau, und der liebe Gott weiß, was so unrecht an ihr ist, aber seit jenem Tag hast du nie richtig gelächelt. Ach«, rief sie aus, »was fehlt mir nur? Ich glaubte, ich wäre schön, und ich wußte, daß ich dich liebte. Was fehlt mir, daß ich meinen Gatten so unglücklich mache?«

»Arme Kokua«, sagte Keawe. Er setzte sich an ihre Seite und versuchte ihre Hand zu ergreifen, aber sie entzog sie ihm. »Arme Kokua«, sagte er noch einmal, »mein armes Kind – meine schöne Frau. Und ich habe immer gedacht, ich könnte dich schonen. Nun, du sollst alles erfahren. Dann wirst du wenigstens Mitleid mit dem armen Keawe haben, dann wirst du verstehen, wie sehr er dich liebte, als er die Hölle wählte, um dich zu besitzen, und wie sehr er dich noch liebt, der arme Verbannte, da er doch lächeln kann, wenn er dich sieht.«

Danach erzählte er ihr seine Geschichte von Anfang an.

»Das hast du für mich getan?« rief sie. »Oh, dann ist mir alles andere einerlei!« Und sie umarmte ihn und weinte.

»Ach, Kind«, sagte Keawe, »aber wenn ich an das Höllenfeuer denke, ist es mir gar nicht einerlei.«

»Sprich doch nicht so«, sagte sie. »Kein Mann, der nichts Böses tat, kann verloren sein, nur weil er Kokua liebt. Keawe, ich sage dir, ich werde dich mit diesen Händen retten oder an deiner Seite zugrunde gehen. Was, du liebtest mich und gabst deine Seele, und du glaubst, ich würde nicht sterben, um dich zu retten?«

»Ach, mein Liebes, du könntest hundertmal sterben – was würde es ändern«, klagte er, »außer daß du mich verließest, schon bevor die Zeit meiner Verdammnis angebrochen ist?«

»Du weißt nicht, was du redest«, erwiderte sie. »Ich habe in Honolulu eine Schule besucht, ich bin kein ungebildetes Mädchen. Und ich sage dir, ich werde meinen Geliebten retten. Was sprichst du da von einem Cent? Nicht die ganze Welt ist amerikanisch. In England gibt es ein Geldstück, das Farthing heißt und etwa einen halben Cent wert ist. O weh!« rief sie aus. »Das wird uns kaum helfen, denn der Käufer wäre verloren, und wir fänden keinen, der so tapfer wäre wie mein Keawe! Aber dann ist da noch Frankreich, sie haben dort eine kleine Münze, die sie Centime nennen, und etwa fünf davon entsprechen einem Cent. Etwas Besseres könnten wir uns gar nicht wünschen. Komm, Keawe, wir wollen die französischen Inseln aufsuchen; laß uns nach Tahiti fahren, so schnell uns ein Schiff hinbringen kann. Da haben wir vier Centimes, drei Centimes, zwei Centimes, einen Centime; viermal kann die Flasche den Besitzer wechseln; und wir sind zu zweit, um den Handel zu betreiben. Komm, mein Keawe, küß mich und vergiß deine Sorgen. Kokua wird dich schützen.«

»Geschenk des Himmels!« rief er. »Ich

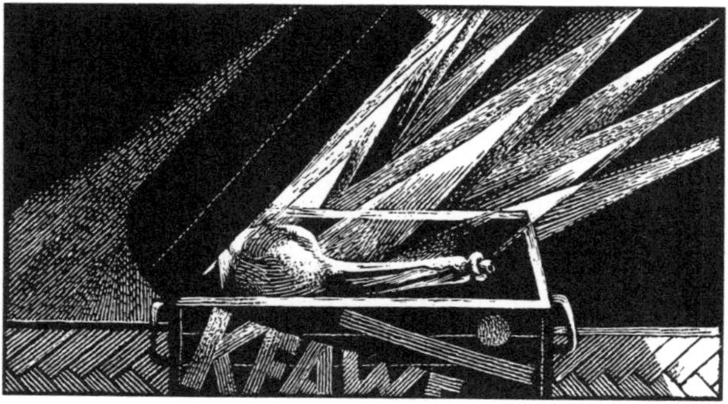

kann nicht glauben, daß Gott mich strafen will, weil ich etwas so Gutes ersehnte. Sei denn alles, wie du es wünschst. Bring mich, wohin du willst. Ich lege mein Leben und meine Errettung in deine Hände.«

Früh am nächsten Morgen traf Kokua ihre Reisevorbereitungen. Sie nahm Keawes Kiste, mit der er zur See gefahren war, und zuerst legte sie die Flasche hinein, dann tat sie ihre besten Kleider hinzu und den schönsten Zimmerschmuck. »Denn«, so sagte sie, »wir müssen als reiche Leute auftreten. Wer würde uns sonst glauben, daß die Flasche echt ist?« Während des Packens war sie fröhlich wie ein Vöglein. Nur wenn sie Keawe ansah, traten ihr die Tränen in die Augen, und sie mußte zu ihm laufen und ihn küssen. Keawe war ein Stein vom Herzen gefallen. Nun, da sie sein Geheimnis teilte und er einen Hoffnungsschimmer vor sich sah, schien er ein neuer Mensch zu sein; er glitt leichtfüßig dahin, und er atmete wieder freier. Doch war die Furcht noch nicht ganz gewichen, und wie der Wind eine Kerze ausbläst, so flackerte die

Hoffnung in ihm, und mehr als einmal sah er die lodernden Flammen und das rote Feuer, das in der Hölle brannte.

Im Lande wurde die Nachricht verbreitet, sie hätten eine Vergnügungsreise in die Staaten angetreten, was die Leute für merkwürdig hielten und doch nicht für so merkwürdig wie die Wahrheit, wenn die jemand hätte erraten können. So fuhren sie mit der

Hall nach Honolulu und von dort – in Gesellschaft vieler Haolen – auf der *Umatilla* nach San Francisco, und in San Francisco gingen sie an Bord der Postbrigantine *Tropic Bird* und nahmen Kurs auf Papeete, die Hauptstadt der Gesellschaftsinseln. Sie hatten eine angenehme Fahrt, kamen bei schönstem Wetter und brausendem Passatwind an und sahen das Riff und die schäumende Brandung und Motuiti mit den Palmen und den Schoner im Hafen und die weißen Häuser der Stadt unten entlang der Küste zwischen grünen Bäumen und darüber die Berge und die Wolken von Tahiti, der weißen Insel.

Sie hielten es für das klügste, ein Haus zu mieten, was sie gegenüber dem Sitz des britischen Konsuls taten, um ihren Reichtum so recht zur Schau zu stellen und mit Pferden und Wagen Aufmerksamkeit zu erregen. Das fiel ihnen nicht schwer, da sie ja die Flasche in Händen hatten; denn Kokua war kühner als Keawe, und wann immer sie Lust hatte, rief sie den Teufel um zwanzig oder hundert Dollar an. Auf diese Weise wurden sie bald stadtbekannt, und die Fremden aus Hawaii, ihre Ausritte und Fahrten, die prächtigen Gewänder und kostbaren Spitzen Kokuas boten Stoff zu vielen Gesprächen.

Nachdem sie einige Anfangsschwierigkeiten überwunden hatten, bedienten sie sich geschickt der tahitischen Sprache, die der von Hawaii sehr ähnelte, nur daß sie bestimmte Laute durch andere ersetzen mußten; und sobald sie halbwegs fließend sprechen konnten, begannen sie den Verkauf der Flasche anzustreben. Nur darf man allerdings nicht meinen, solch Geschäft hätte sich leicht in die Wege leiten lassen. Es war nämlich nicht so einfach, die Menschen davon zu überzeugen, daß sie im Ernst sprachen, wenn sie ihnen für vier Centimes eine Quelle der Gesundheit und unerschöpflicher Reichtümer anboten. Außerdem durfte nicht verschwiegen werden, welche Gefahren mit dem Erwerb der Flasche verbunden waren, und die Leute glaubten entweder überhaupt nichts und lachten, oder sie sahen vor allem das Risiko, hegten große Bedenken und zogen sich von Keawe und Kokua zurück, weil sie mit dem Teufel nichts zu tun haben wollten. So mißlang es den beiden nicht nur, Boden zu gewinnen, bald mußten sie zu ihrer Enttäuschung feststellen, daß sie in der Stadt gemieden wurden, die Kinder liefen schreiend vor ihnen davon, und das war für Kokua unerträglich; die Katholiken bekreuzigten sich, wenn sie ihnen begegneten, und schließlich wichen ihnen alle Bewohner der Stadt einmütig aus.

Da verloren sie den Mut und waren verzweifelt. Abends saßen sie nach den Mühen des Tages in ihrem neuen Haus und wechselten kein Wort, oder Kokua unterbrach die Stille und begann plötzlich zu schluchzen. Manchmal beteten sie gemeinsam, manchmal stellten sie die Flasche auf den Fußboden und saßen lange davor und sahen zu, wie sich im Innern der Schatten bewegte. An solchen Abenden fürchteten sie sich, zur Ruhe zu gehen. Dann dauerte es lange, bis sie Schlaf fanden, und wenn einer eingeschlummert war, wachte er bald wieder auf und sah, daß der andere still in der Dun-

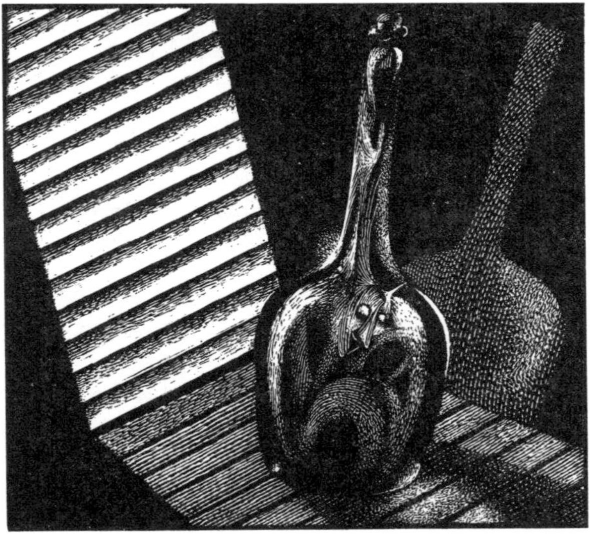

kelheit weinte oder das Haus verlassen hatte, um die Nähe der Flasche zu fliehen, um in dem kleinen Garten unter den Bananen auf und ab zu gehen oder im Mondlicht am Strand umherzuwandern.

So war es eines Nachts, als Kokua erwachte und sich allein fand. Keawe war fortgegangen. Sein Platz im Bett fühlte sich kalt an. Da bekam sie es mit der Angst und setzte sich aufrecht hin. Ein wenig Mondlicht sickerte durch die Fensterläden. Es war hell im Zimmer, sie konnte die Flasche auf dem Fußboden stehen sehen. Draußen heulte der Sturm, die hohen Bäume der Allee ächzten laut, und von der Veranda her kam das Rascheln der gefallenen Blätter; manchmal hörte sie noch einen anderen Laut, aber ob da ein Tier oder ein Mensch klagte, vermochte sie freilich kaum zu sagen, es klang jedoch zum Erbarmen traurig und tat ihrer Seele weh. Leise stand sie auf, öffnete spaltbreit die Tür und spähte in den mondhellen Garten. Da lag Keawe unter den Bananen, das Gesicht im Staub, und wie er so lag, stöhnte er.

Kokuas erste Regung war, zu ihm zu laufen und ihn zu trösten, aber als sie nachgedacht hatte, hielt sie sich gewaltsam zurück. Keawe war vor seiner Frau tapfer gewesen; es ziemte sich nicht, ihn in seiner schwachen Stunde zu stören und zu beschämen. Mit dieser Überlegung ging sie wieder ins Haus.

O Gott, dachte sie, wie unachtsam, wie erbärmlich schwach bin ich gewesen! Er – nicht ich – ist von ewiger Verdammnis bedroht; er – nicht ich – lud sich den Fluch auf die Seele. Nicht seinetwegen – aus Liebe zu mir, zu einer Frau, die seiner so unwürdig und ihm eine so geringe Hilfe ist, sieht er jetzt die Flammen der Hölle nahe vor Augen, spürt er den Schwefelgeruch, während er da draußen in Wind und Mondlicht liegt. War ich denn blind, daß ich erst jetzt meine Pflicht begreife, oder habe ich sie vorher gekannt und nur herzlos geschwiegen? Doch nun will ich endlich meine Seele meiner Liebe geben, und nun kehre ich mich ab von den weißen Himmelsstufen und den Gesichtern meiner wartenden Freunde. Meine Liebe für seine Liebe, und meine soll der seinen ebenbürtig sein! Meine Seele für seine Seele, so sei es meine, die zur Hölle fährt!

Sie war flink mit den Händen und bald angekleidet. Sie nahm das Wechselgeld, die kostbaren Centimes, die sie jederzeit bereithielten; denn diese Münze ist wenig in Gebrauch, und sie hatten einige aus einer Regierungskanzlei beschafft. Als sie auf der Straße stand, trieb der Wind Wolken zusammen, der Mond verfinsterte sich. Die Stadt schlief, und Kokua wußte nicht, wohin sie sich wenden sollte, bis sie im Schatten der Bäume einen Menschen husten hörte.

»Alter Mann«, sprach Kokua, »was treibst du hier draußen in der kalten Nacht?«

Der Greis konnte sich vor Husten kaum verständlich machen, doch so viel hörte sie heraus, daß er nicht nur alt, sondern auch arm sei und ein Fremder auf dieser Insel.

»Willst du mir einen Dienst erweisen?« fragte Kokua. »Als ein Fremder einer Fremden, als Greis einer jungen Frau – willst du einer Tochter Hawaiis behilflich sein?«

»Aha«, sagte der Alte, »so bist du die Hexe von den acht Inseln und suchst sogar meine alte Seele zu betören? Aber ich habe von dir gehört und kenne deine Teufeleien.«

»Setz dich zu mir«, sagte Kokua, »und ich will dir eine Geschichte erzählen.« Und sie erzählte ihm die Geschichte ihres Keawe von Anfang bis Ende.

»Und nun«, sprach sie, »bin ich seine

Frau, die er um den Preis seiner Seligkeit gewonnen hat. Und was soll ich tun? Wenn ich zu ihm ginge und die Flasche kaufen wollte, würde er sich weigern, sie mir zu geben. Aber wenn du gehst, wird er sie dir gern verkaufen. Du wirst sie für vier Centimes bekommen, und ich nehme sie für drei zurück. Laß mich hier auf dich warten, und der Herr gebe einem armen Mädchen Kraft.«

»Wenn du es unehrlich meinst«, sagte der Greis, »ich glaube, Gottes Zorn würde dich treffen.«

»Das würde er«, antwortete Kokua. »Sei gewiß, das würde er. Ich könnte so falsch nicht sein. Gott würde es nicht dulden.«

»Gib mir die vier Centimes und erwarte mich an dieser Stelle«, sagte der alte Mann.

Als Kokua nun allein auf der Straße stand, wurde sie ganz mutlos. Der Sturm heulte in den Bäumen, und ihr klang es wie das Tosen des Höllenfeuers, die Schatten schwankten im Licht der Straßenlaterne, und sie erschienen ihr wie die gierigen Hände böser Geister. Wenn sie die Kraft gehabt hätte, wäre sie fortgelaufen, und wenn sie nicht so atemlos gewesen wäre, hätte sie laut aufschreien müssen; doch sie konnte weder das eine noch das andere tun und stand nur zitternd wie ein verängstigtes Kind auf der Straße.

Dann sah sie den alten Mann kommen, und er hatte die Flasche in der Hand.

»Ich habe dir deinen Wunsch erfüllt«, sagte er. »Ich ließ deinen Mann weinen wie ein Kind; heute nacht wird er ruhig schlafen.« Und er hielt ihr die Flasche hin.

»Bevor du sie mir gibst«, sagte Kokua und atmete schwer, »nimm dir das Gute, das mit dem Bösen verbunden ist. Wünsche dir, von deinem Husten erlöst zu werden.«

»Ich bin alt«, sagte der Mann, »und dem Rande des Grabes zu nahe, als daß mir die Gunst des Teufels noch gefallen könnte. Aber was ist? Warum greifst du nicht zu? Zögerst du, ob du sie nehmen sollst?«

»Ich zögere nicht!« schrie Kokua. »Ich bin nur schwach. Gib mir einen Augenblick Zeit. Meine Hand sträubt sich, mein Fleisch erschaudert vor dem verwünschten Ding. Gib mir einen kleinen Augenblick.«

Der Alte sah Kokua freundlich an. »Armes Kind«, sagte er, »du hast Angst; deine Seele ahnt nichts Gutes. Nun, so laß mich die Flasche behalten. Ich bin alt und kann auf dieser Welt kein Glück mehr finden, und in jener anderen …«

»Gib sie mir!« stammelte Kokua. »Hier ist dein Geld. Glaubst du, ich könnte so niederträchtig sein? Gib die Flasche mir.«

»Gott segne dich, mein Kind«, sagte der Greis.

Kokua verbarg die Flasche unter ihrem Gewand, sagte dem Alten Lebewohl und entfernte sich, die Allee entlang; sie fragte nicht, wohin, denn alle Straßen waren nun gleich und führten eine wie die andere in die Hölle. Manchmal ging sie, manchmal lief sie, manchmal schrie sie laut auf in der Nacht, und manchmal lag sie am Wegesrand im Staub und weinte. Alles, was sie über die Hölle gehört hatte, war in ihr lebendig; sie sah die Flammen lodern und spürte den Schwefelgeruch, und ihr Fleisch zuckte im Fegefeuer.

Gegen Morgen kam sie wieder zur Besinnung und ging ins Haus zurück. Es war genau, wie der Greis gesagt hatte. Keawe schlief den Schlaf eines Kindes. Kokua stand vor ihm und blickte auf sein Gesicht.

»Nun, mein Mann, ist es an dir, zu schlummern«, sagte sie. »Wenn du aufwachst, wird an dir es sein, zu singen und zu lachen. Für die arme Kokua aber – ach, das ist nicht böse gemeint –, für die arme Kokua bedeutet es, nicht mehr zu schlafen, nicht mehr zu singen, keine Freude mehr zu haben, weder auf Erden noch im Himmel.«

Dann legte sie sich im Bett an seiner Seite nieder, und so groß war ihre Pein, daß sie auf der Stelle in tiefen Schlaf fiel.

Spät am Morgen weckte ihr Mann sie und teilte ihr die gute Nachricht mit. Er war wie von Sinnen vor Freude, denn er beachtete ihren Kummer nicht, obwohl sie ihn nur schlecht verbarg. Die Worte blieben ihr im Halse stecken, doch Keawe bemerkte es nicht, er erzählte um so mehr. Sie aß keinen Bissen, aber das fiel nicht auf, denn Keawe leerte die Schüssel. Kokua vernahm und gewahrte ihn wie einen Fremden in einem Traum. Es gab auch Augenblicke, in denen sie alles vergaß oder bezweifelte, daß es wirklich so gekommen war, und sie griff sich an die Stirn, um sich selbst verdammt zu wissen. Und den Mann dann schwatzen zu hören erschien ihr ungeheuerlich.

Die ganze Zeit aß und redete Keawe und schmiedete Pläne für die Rückreise und dankte ihr, daß sie ihn errettet habe, und liebkoste sie und nannte sie seine treue Erlöserin. Er lachte über den Greis, der so töricht gewesen war, die Flasche zu kaufen.

»Er kam dir wie ein ehrwürdiger alter Herr vor«, sagte Keawe, »aber man kann nicht nach dem Aussehen urteilen. Denn warum hat dieser schamlose Greis meine Flasche wohl gekauft?«

»Mein Gemahl«, sagte Kokua zaghaft, »er hat es vielleicht in guter Absicht getan?«

Keawe lachte zornig.

»Ach, Unsinn!« schrie Keawe. »Ein alter Schurke, sag ich dir, und ein alter Esel obendrein. Denn die Flasche für vier Centimes zu verkaufen war schwer genug, aber für drei wird es ihm ganz unmöglich sein. Die Spanne ist nicht mehr breit genug, es riecht allmählich brenzlig – brrr!« sagte er und schüttelte sich. »Es stimmt, ich kaufte sie selbst für einen Cent, als ich nicht wußte, daß es kleinere Münzen gibt. Ich war ein hirnverbrannter Narr, so einer wird sich nicht noch einmal finden, und wer immer die Flasche jetzt hat, der wird sie mit in die Hölle nehmen.«

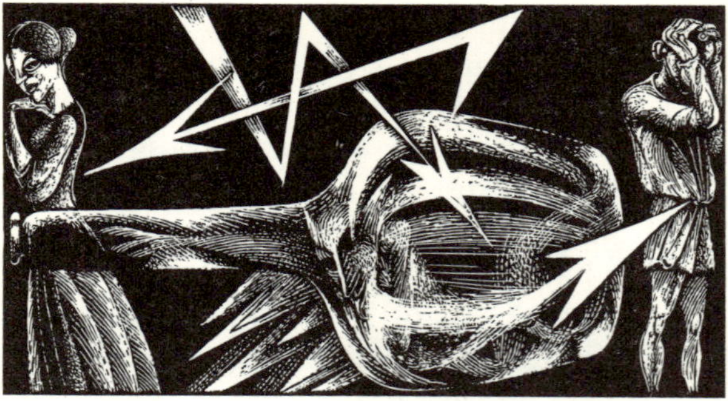

»Oh, mein Gemahl!« rief Kokua aus. »Ist es nicht furchtbar, durch die ewige Verdammnis eines anderen sich selbst zu retten? Ich glaube, ich könnte darüber nicht lachen. Ich wäre von tiefer Trauer erfüllt. Ich würde für den armen Menschen beten.«

Da Keawe fühlte, wie recht sie hatte, wurde er noch wütender. »Larifari!« schrie er. »Sei du nur von tiefer Trauer erfüllt, wenn es dir gefällt. Aber das ist keine Art für eine gute Ehefrau. Könntest du ein wenig auch an mich denken, würdest du dich schämen.«

Dann ging er aus dem Haus, und Kokua war allein.

Welche Aussicht hatte sie, die Flasche für zwei Centimes zu verkaufen? Keine, sagte sie sich. Und selbst wenn die geringste Hoffnung betanden hätte, war da ihr Mann, der sie so eilig in ein Land bringen wollte, wo es keine niedrigere Münze als den Cent gab. Und nun, einen Tag nachdem sie ihm dieses Opfer gebracht hatte, machte er ihr Vorwürfe und verließ sie.

Sie versuchte nicht einmal, die kurze Zeit, die ihr verblieb, zu nutzen, sondern saß im Haus, hatte die Flasche herausgenommen, sah sie mit unbeschreiblichem Entsetzen an und verbarg sie dann voll Abscheu.

Nach einer Weile kehrte Keawe zurück und wollte, daß sie ihn auf einer Fahrt begleite.

»Mein Gemahl, ich bin krank«, sagte sie. »Ich fühle mich elend. Verzeih mir, ich könnte mich nicht vergnügen.«

Da war Keawe zorniger als je – auf sie, weil er dachte, der Fall des alten Mannes beschäftige sie noch, und auf sich selbst, weil er glaubte, daß sie recht habe, und weil er sich schämte, glücklich zu sein.

»Das ist deine Treue«, schrie er, »und deine Liebe. Dein Mann ist soeben der ewigen Verdammnis entronnen, und er wäre ihr verfallen, weil er dich liebt. Aber du kannst dich nicht mit ihm freuen. Kokua, du hast ein treuloses Herz.«

Er lief wieder hinaus und wanderte den ganzen Tag durch die Stadt. Er traf Freunde und trank mit ihnen. Sie nahmen einen Wagen und fuhren aufs Land, und dort tranken sie weiter. Die ganze Zeit fühlte sich Keawe nicht wohl, weil er sich vergnügte, während seine Frau traurig war, und weil er im Grunde seines Herzens wußte, daß sie das Recht mehr auf ihrer Seite hatte, und weil er das wußte, trank er noch mehr.

Nun war da ein Grobian von einem alten Haolen, der mit ihm zechte, einer, der als Bootsmann auf einem Walfangboot gefahren und flüchtig geworden war, der in Goldminen gegraben und als Sträfling in Gefängnissen gesessen hatte, ein Mensch von niedriger Gesinnung und zügellosen Reden. Er liebte den Trunk und sah andere gern betrunken, und er drängte Keawe das Glas auf.

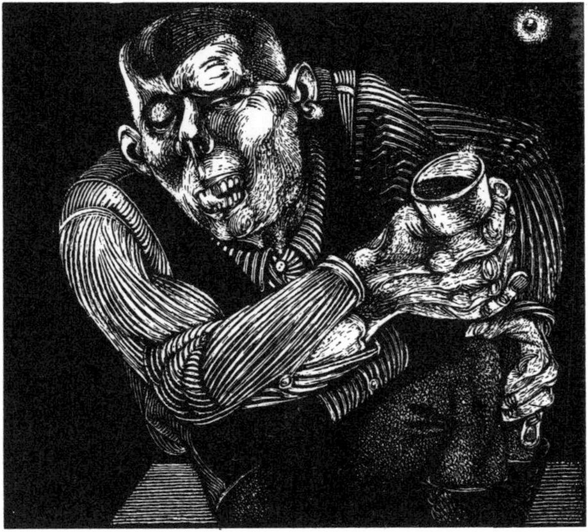

Bald war der Gesellschaft das Geld ausgegangen.

»He, du!« sagte der Bootsmann. »Du bist reich, das hast du immer behauptet. Du hast eine Flasche oder irgend so ein närrisches Ding.«

»Ja«, sagte Keawe, »ich bin reich. Ich gehe nach Hause und hole etwas Geld von meiner Frau, die es verwahrt.«

»Das ist schlecht, Kamerad«, sagte der Bootsmann. »Einem Weibsbild darfst du nie Geld anvertrauen. Sie sind alle falsch wie Wasser. Gib nur auf sie acht.«

Nun beeindruckten diese Worte Keawe sehr, denn der Alkohol, den er getrunken hatte, verwirrte seine Sinne.

Es sollte mich nicht wundern, wenn sie wirklich falsch wäre, dachte er. Wäre sie sonst über meine Erlösung so erschrocken gewesen? Aber ich will ihr zeigen, daß ich nicht der Mann bin, der sich an der Nase herumführen läßt. Ich werde sie überführen.

Als sie in der Stadt angekommen waren, bat Keawe den Bootsmann, an der Ecke neben dem alten Kerker auf ihn zu warten,

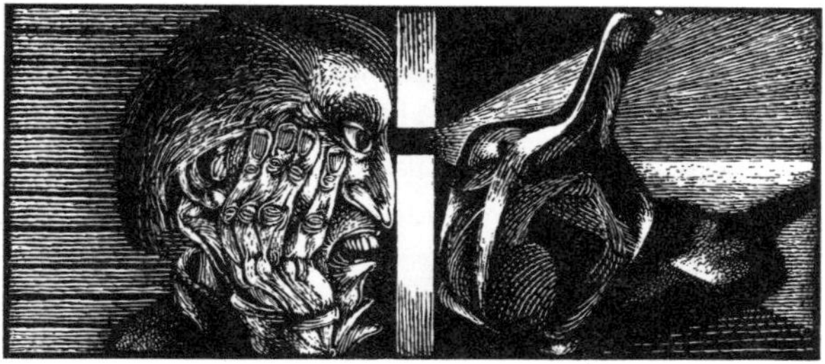

und er ging allein die Allee entlang bis zur Tür seines Hauses. Unterdessen war es wieder Nacht geworden; im Zimmer brannte Licht, aber es war ganz still, und Keawe schlich sich heran, öffnete leise die Hintertür und spähte hinein.

Da saß Kokua am Boden und hatte die Lampe neben sich; vor ihr stand eine milchweiße Flasche mit rundem Bauch und langem Hals, und Kokua sah sie stehen und rang dabei die Hände.

Lange verweilte Keawe dort am Eingang und schaute hinein. Zuerst war er völlig benommen, dann kam ihm die Befürchtung, der Handel könnte ungültig sein und die Flasche sei zu ihm zurückgekehrt wie seinerzeit in San Francisco, und bei dieser Überlegung wurden ihm die Knie weich, und in seinem Kopf wurde es klar wie über einem Fluß, von dem der Morgennebel aufgestiegen ist. Und dann hatte er einen anderen Gedanken, einen ganz sonderbaren, der ihm das Blut in die Wangen trieb.

Darüber muß ich mir Gewißheit verschaffen, dachte er.

So schloß er die Tür und ging leise um das Haus herum und näherte sich geräuschvoll der Vordertür, als kehrte er gerade erst heim. Und siehe da! Als er öffnete, war die Flasche vom Fußboden verschwunden; und Kokua saß auf einem Stuhl und fuhr empor wie soeben aus dem Schlaf erwacht.

»Ich habe den ganzen Tag getrunken und es mir gut gehen lassen«, sagte Keawe. »Ich bin in guter Gesellschaft gewesen, und jetzt komme ich nur, um Geld zu holen, dann will ich wieder zu meinen Kumpanen gehen und weiterzechen.« Seine Miene und seine Stimme waren ernst wie die eines Richters bei der Urteilsverkündung, aber in ihrem Kummer bemerkte sie es nicht.

»Du tust recht, über dein Eigentum zu

verfügen, mein Gemahl«, sagte sie und bebte.

»Oh, ich tue immer recht«, entgegnete Keawe, und er trat ohne Umschweife an die Truhe heran und nahm Geld heraus. Aber dann warf er auch einen Blick in die Ecke, in der sie die Flasche aufbewahrten, und es war keine Flasche dort.

Da hob sich die Seekiste auf dem Fußboden wie eine Woge empor, und das Zimmer drehte sich um ihn wie eine Rauchsäule, denn er sah nun, daß er verloren war und daß es kein Entrinnen mehr gab. Es ist, wie ich befürchtet habe, dachte er, sie hat die Flasche gekauft.

Und dann kam er ein wenig zu sich und stand auf; aber der Schweiß lief ihm in Strömen über das Gesicht, dick wie Regen, kalt wie Quellwasser.

»Kokua«, sprach er, »ich habe heute etwas zu dir gesagt, was sehr ungehörig war. Jetzt gehe ich, um mit meinen fidelen Freunden weiterzuzechen«, und dabei lachte er leise. »Ich werde beim Trinken mehr Vergnügen finden, wenn du mir verziehen hast.«

Im nächsten Augenblick umklammerte sie seine Knie und küßte ihn unter heißen Tränen.

»Oh«, rief sie, »ein freundliches Wort war alles, was ich hören wollte!«

»Laß uns nie schlecht voneinander denken«, sagte Keawe und ging aus dem Haus.

Nun hatte Keawe nur einen kleinen Teil ihres Vorrats an Centimestücken genommen, den sie seinerzeit angelegt hatten. Nach einer Zecherei stand ihm natürlich nicht der Sinn. Seine Frau hatte ihre Seele für die seine gegeben, jetzt mußte er seine für die ihre geben; etwas anderes konnte er um nichts in der Welt mehr denken.

An der Ecke, neben dem alten Kerker, wartete der Bootsmann auf ihn.

»Meine Frau hat die Flasche«, sagte Keawe, »und wenn du mir nicht hilfst, sie wiederzuerlangen, können wir heute abend weder Geld noch Schnaps bekommen.«

»Du willst doch nicht sagen, daß du das mit der Flasche ernst meinst?« schrie der Bootsmann.

»Da ist die Lampe«, sagte Keawe. »Sehe ich so aus, als ob ich scherzte?«

»Das tust du nicht«, sagte der Bootsmann. »Du bist ernst wie ein Geist.«

»Also gut«, sagte Keawe, »hier sind zwei Centimes; du mußt zu meiner Frau ins Haus gehen und ihr die Geldstücke für die Flasche bieten, und wenn ich mich nicht sehr täusche, wird sie sie dir unverzüglich geben. Bring sie her zu mir, und ich will sie für einen Centime von dir zurückkaufen; denn das ist die Bedingung, daß die Flasche stets zu einem niedrigeren Preis verkauft werden muß. Aber was du auch tust, verrate ihr mit keinem Wort, daß ich dich geschickt habe.«

»Kamerad, wie ist das nun, willst du mich zum Narren halten?« fragte der Bootsmann.

»Es kann dir nichts schaden, wenn ich's tue«, erwiderte Keawe.

»Da hast du recht, Kamerad«, sagte der Bootsmann.

»Und wenn du mir nicht glaubst, kannst du es ja ausprobieren«, fügte Keawe hinzu. »Sobald du das Haus verlassen hast, wünsch dir die Taschen voll Geld oder eine Flasche vom besten Rum oder was du sonst willst, dann wirst du sehen, was die Flasche wert ist.«

»Na gut, Kanake«, sagte der Bootsmann, »ich will es versuchen; aber wenn du mich zum besten hältst, werde ich es dir mit einem Belegnagel heimzahlen.«

So ging der Walfänger davon, die Allee hinauf, und Keawe blieb stehen und wartete. Es war etwa dort, wo Kokua am Abend vorher gewartet hatte; aber Keawe war fester entschlossen und schwankte keinen Augenblick, obwohl er in innerster Seele ganz verzweifelt war.

Ihm schien, er habe sehr lange warten müssen, als er einen Menschen auf der dunklen Allee singen hörte. Er glaubte die Stimme des Bootsmanns zu erkennen, fand es jedoch sonderbar, wie trunken sie klang.

Dann torkelte der Mann selber in den Lichtkreis der Lampe. Er hatte die Teufelsflasche in den Mantel geknöpft; eine zweite Flasche hielt er in der Hand, und als er näher kam, hob er sie an die Lippen und trank.

»Du hast sie«, sagte Keawe, »ich kann es sehen.«

»Hände weg!« brüllte der Bootsmann und sprang zurück. »Komm mir einen Schritt näher, und ich schlage dir die Zähne ein. Du hast wohl gedacht, ich hole dir die Kastanien aus dem Feuer, was?«

»Wie meinst du das?« schrie Keawe.

»Meinen?« grölte der Bootsmann. »Das ist

eine wunderbare Flasche, das meine ich. Wie ich sie für zwei Centimes bekommen habe, kann ich mir selber nicht erklären, aber daß du sie für einen nicht kriegen wirst, das weiß ich genau.«

»Soll das heißen, daß du sie nicht verkaufst?« fragte Keawe atemlos.

»Du hast es erraten, Verehrtester!« entgegnete der Bootsmann. »Aber einen Schluck Rum kannst du dir nehmen, wenn du willst.«

»Der Mensch, der die Flasche hat, kommt in die Hölle«, sagte Keawe.

»Ich schätze, dorthin geht meine Reise sowieso«, entgegnete der Seemann, »und einen besseren Weggefährten als diese Flasche könnte ich mir gar nicht wünschen. Nein, mein Herr!« schrie er, »sieh zu, wo du eine andere findest.«

»Ist das möglich?« fragte Keawe laut. »Nur deinetwegen beschwöre ich dich: Gib sie mir!«

»Spar dir die Worte«, entgegnete der weiße Bootsmann. »Du dachtest, du könntest mich für dumm verkaufen. Wie du siehst, hast du dich verrechnet, und nun genug. Wenn du keinen Schluck von meinem Rum haben möchtest – ich mag einen. Auf deine Gesundheit, und gute Nacht!«

Und fort ging er, die Allee zur Stadt entlang. Und damit verlieren wir die Flasche aus den Augen.

Keawe aber lief zu Kokua zurück, leicht wie der Wind, und groß war ihre Freude an diesem Abend, und groß ist seither der Friede all ihrer Tage im Blitzblanken Haus.